رواية

حياة أنثى

الحياة كرجل

د. جُمان الريحاني

إهداء ..

إهداء إلى الحقيقة الكامنة بداخل كل إنسان والى الاحترام الذي يتبادله الناس دون إدراك الحقيقة الكاملة

إهداء إلى كل مظلوم إلى أن يرى النصر يوما ضوء الشمس

إهداء إلى شمس الحقيقة التي ينتظر كل المظلومين إشراقها

وقد تشرق في هذه الحياة أو ربما تشرق في حياة أخرى.

جمان الريحاني

حياة بائسة

جميلة وهي امرأة عاشت حياتها حياة بائسة وحزينة وسيئة بكل المعايير، ولم تكن موفقة طيلة حياتها، لم توفق لا في الصداقة ولا في الحب ولا في الزواج.

لقد كانت حياة بائسة حقا.

كانت تعمل بجد وكانت على عاتقها كل الأعمال، أعمال البيت والتسوق وغيرها

ولم تكن لديها ثياب كافية بل مجرد ثياب قديمة مرقعة ورقيقة لا تقيها برد الشتاء.

وكانت تتحصل على فضلات الطعام الذي تعده بنفسها.

والأسوأ من ذلك أنه كانت لديها زوجة أب شريرة،
زوجة أب متسلطة وقد كانت تعاملها بسوء كبير.

لم تكن تحسن إليها بل كانت تعنفها وتضربها وتصرخ
في وجهها وتعاقبها عندما تخطئ.

كانت زوجة والدها تحقد عليها وتعاملها بسوء وقسوة،
وقد كانت تضربها كثيرا وان حاولت جميلة ذات الجثة
الكبيرة أن ترد على والدها الضرب بالضرب فإن

زوجة والدها تعاقبها بأن تربطها وتضربها حتى يغمى عليها.

وتظل على تلك الحالة مربوطة لعدة أيام وهي في غرفة مظلمة باردة والجوع من نصيبها حتى تخضع لزوجة أبيها وتتوسلها لفكها وإطلاق سراحها.

وعندما تعلن جميلة التوبة قد تسامحها زوجة أبيها أو تضيف للعقاب بعض الأيام الإضافية من أجل أن لا تعيد جميلة الكرة وتتجرأ على رفع يدها عليها.

لقد كانت زوجة الأب تلعب معها كل أساليب التعذيب من أجل أن تجعلها تخضع لها ولإرادتها.

وكانت تقول:

التعذيب بعلم الخضوع.

كان والد جميلة شيخ مشلول طريح الفراش، وأيضا عاجز بكل معنى الكلمة وجميلة هي من تتحمل مسؤوليته، فهي التي تساعده على القيام بكل واجبات الحياة

وتطعمه وتعطيه الأدوية وأيضا تساعده على التنظيف والغسل وما إلى ذلك

لقد كانت جميلة في مثابة الخادمة لوالدها والممرضة وأيضا الخادمة لزوجة أبيها المتسلطة.

أما زوجة الأب فقد كانت وظيفتها الوحيدة هي الأمر والتأمر وأيضا هي التي تستلم راتب زوجها المتقاعد وهي التي لها حرية التصرف فيه وأيضا هي التي ترى كيف يجب صرفه أو على ما يجب صرفه.

لم تطق جميلة تلك الحياة ولا الضعف الذي تشعر به في كل مرة يتم تعنيفها حتى أنها كانت في كثير من الأحيان تتمنى لو أنها خلقت رجلا وليس فتاة ضعيفة.

وكانت تسرح بخيالها أو أنها رجل

لو كانت رجلا لكانت حرة في كل تصرفاتها

لو كانت رجلا لما تحكم فيها أحد

لو كانت رجلا لما تم تعنيفها

لو كانت رجلا لما عاشت في هذا البيت مع زوجة أبيها ولجعلتها تتوقف عند حدها

لو كانت رجلا لكانت قوية جدا وليست ضعيفة مثل كل النساء

لو كانت رجلا

لو ولو

والأحلام تراودها كثيرا حول تلك الفكرة التي كانت لتخرجها من العبودية التي تعيشها.

ومن الأمور التي كانت تزيد الوضع سوءا والتي كانت تزيد من معاناتها ومن مأساتها هو انه قد كان لزوجة أبيها أخ، ولم يكن مجرد أخ

ولم يكن فقط يشبه أخته السيئة بل كان أسوء من أخته أحيانا

لقد كان ذلك الأخ رجل سكير يتبع نزواته ويعيش حياة الحيوانات المفترسة والتي تتبع غرائزها فقط

لقد تعود ذلك الأخ على الاعتداء على جميلة لأكثر من مرة، وكان يأتي إلى بيت أخته وهو في حالة سكر ثم يعتدي على جميلة البنت الضعيفة جنسيا.

وهذا الأمر كان يحدث في كل مرة يزور ذلك الرجل أخته.

لم يكن ذلك الرجل يحب جميلة ولا معجبا بها لأنها لم تكن جميلة الوجه والجسد كاسمها بل كان الجمال يختصر في اسمها فقط.

ولكنها تبقى في الحقيقة أنها امرأة وعرضت لما قد تتعرض له أية امرأة.

بعد مرور الكثير من السنوات وفي يوم غير متوقع توفي والد جميلة فجأة وبدون سابق إنذار.

بوفاة الوالد وخلو جميلة من مسؤوليته التي كانت على عاتقها لوحدها ولمدة سنوات طويلة إلا أن الحياة لم تصبح أسهل بل على العكس تماما لقد أصبح الوضع أصعب بكثير.

لم يطرأ على جميلة الكثير من التغيير على عكس زوجة الأب الآتي بوفاة زوجها ولسبب ما أصبحت

أكثر شرا وطغيانا وكأنها تستعبد تلك الفتاة الضعيفة وتعملها معاملة الحيوانات بل أسو من ذلك.

لقد كانت تعاملها معاملة شخص لا إنساني يعامل حيوانا ضعيفا لا يستطيع أن يردع ما يصيبه أو ينطق بكلمة حق في حق نفسه.

والأدهى والأمر ما طمع به أخ زوجة الوالد، الذي اقترح على أخته أن يقيم عندها في بيتها معها ومع جميلة وذلك لأنها اليوم أصبحت أرملة ويجب أن يعتني بأخته الأرملة، التي يزورها الكثيرون من أجل تقديم التعازي فكان ليقف إلى جانبها في تلقي العزاء يوما بعد يوم.

لقد راقت لها تلك الفكرة ولكنها لم ترق جميلة أبدا بل عرفت بأن هذا الرجل يضمر لها الشر مثله مثل أخته الشريرة والقاسية.

دار حوار بين زوجة الأب وجميلة حيث أخبرتها وبلهجة قاسية الأمر وقالت لها:

زوجة الأب:

اسمعيني جيدا يا جميلة

ثم فكرت قليلا وأكملت كلامها وقالت:

جميلة ... لا اعتقد أن هذا الاسم يناسبك، ربما سوف أغيره لك فيما يعد واختار لك اسما يناسبك ويناسب حياتك ووضعك

اسمعيني

هل أنت صماء أقول لك اسمعيني؟

هل تسمعينني؟

جميلة:

نعم نعم

زوجة الأب:

نعم نعم ولما تكررين الكلمات هل أنت ببغاء أم تظنين بأنني صماء مثلك؟

انتظرت قليلا ثم نظرت إليها وقالت:

هيا ....

جميلة:

هيا .. ماذا؟

زوجة الأب:

هيا اعتذري مني ولا تعيدي الكرة وإلا لقنتك درسا لا يسهل نسيانه

جميلة:

اعتذر على ماذا؟

زوجة الأب:

قلت لك اعتذر فاعتذري

جميلة:

آسفة اعتذر

قالت زوجة الأب بلهجة ساخرة في محاولة لتقليد جميلة:

آسفة اعتذر

أيتها البكماء الببغاء جميــــــــلة

لا اعرف من الغبي الذي أطلق عليك هذا الاسم "جميلة"

جميلة:

والدتي

زوجة الأب:

والدتي... اللعنة عليك وعلى والدتك وعلى والدك العجوز الذي لم يكن يريد أن يفارق الحياة، العالة لقد أرهقنا بحمله الثقيل.

جميلة:

لا تقولي هذا الكلام على أناس أموات

زوجة الأب:

هل تريدين اللحاق بهما؟ هل تريدين؟

جميلة:

آسفة اعتذر

زوجة الأب:

أجل أنا أريدك هكذا

يجب أن تكوني دائما مؤدبة لكي لا أعاقبك وعليك أن تعرفي شيئا

جميلة:

ماذا؟

زوجة الأب:

سوف تتغير طريقة معاملتي لك ويجب عليك أن تطيعيني ولا تلقيت العقاب القاسي والذي لم تعرفيه سابقا أبدا

جميلة:

حسنا

زوجة الأب:

وهل رأيت غرفة والدك؟

جميلة:

رحمه الله

زوجة الأب:

أجل المرحوم هل رأيتها؟4

جميلة:

نعم طبعا

زوجة الأب:

أريد أن تخرجي منها كل ما يتعلق بالميت وان

تجهزيها من أجل أخي

جميلة:

أخوك؟

زوجة الأب:

أجل أخي وما الغريب في الأمر

جميلة:

لا شيء

زوجة الأب:

أريد أن تجهزيها من أجله

جميلة:

لماذا؟

زوجة الأب:

لأنه سوف ينتقل للعيش معنا

جميلة:

هنا؟

زوجة الأب:

أجل هنا البيت كبير وواسع وأنا امرأة أرملة وربما يتكلم عني الناس لذا أنا بحاجة لحماية أخي، أنا امرأة وأخاف على نفسي وعلى سمعتي.

ولكن أنت لا تفهمين هذه الأمور؟

جميلة:

وماذا عني؟

زوجة الأب:

ماذا عنك، أنت تنامين في المطبخ كل حياتك وأنا لي غرفتي هل تريدين أن نترك تلك الغرفة خالة، غرفة والدك التي أصبحت غرفة إضافية.

جميلة:

أنا لم اقل....

زوجة الأب:

وما الذي لديك الحق في قوله... يجب أن تعرفي بأنني أحسن لك بإبقائك في بيتي

جميلة:

أنا ....

زوجة الأب:

لا يجب أن تزعجيني ولا سوف تندمين

سوف اجعل أخي هو من يعاقبك ولن تكون يده رحيمة مثل يدي...

لم تجد جميلة ما يمكنها قوله إلا خضوع والإذعان وان تقول نعم لكل ما يطلب منها فقالت:

نعم حاضر..

زوجة الأب:

أجل أنا أريدك هكذا مطيعة وتحترمينني، لقد تغير كل شيء

جميلة:

تغير كل شيء؟

زوجة الأب:

أجل لقد تغير الوضع وأنت منذ وفاة والدك مجرد خادمة في بيتي أنا

جميلة:

حسنا

زوجة الأب:

لم يعد لديك حق في البيت، وليس لك حق في الدخول إلى أية غرفة إلا بأمري ولا تخرجي من البيت إلا بإذني وليس لك الحق في المطالبة بالميراث ولا اي شيء كان

جميلة:

حسنا

زوجة الأب:

أنا اعطف عليك بأن أبقيك في بيتي وتحت سقفي ويجب أن تفهمي ذلك جيدا

جميلة:

حسنا

زوجة الأب:

هل فهمت؟

جميلة:

أجل لقد فهمت

زوجة الأب:

حسنا والآن انصرفي وافعلي ما طلبت منك

لقد أصبح وضع جميلة وأصبح صعبا جدا وعليها أن تتبع الأوامر وان تصبح مطيعة أكثر من ذي قبل لكي لا يتم تعذيبها وضربها وربما طردها من البيت الذي عاشت فيه كل حياتها.

القرار الخطير

لم يكن للرجل الفقير والد جميلة إلا بيته الصغير بيت من غرفتين ومطبخ وساحة، وكان له راتب تقاعده الذي كانت تقبضه زوجة الأب.

وبكن وعلى ما يبدو أن زوجة الأب قد استولت على ذلك البيت القديم لأنها قد أخبرت جميلة بأن هذا البيت

أصبح لها وهو من حقها فقد أفنت شبابها في خدمة والد جميلة وجميلة.

لقد شعرت جميلة ابنة السادسة والعشرون بأن كل أبواب الحياة قد أقفلت في وجهها بعد وفاة والدها والوضع لم يكن يبشر بخير، لقد كانت تترقب حدوث الأصعب والأمر.

لقد شعرت بالفعل لأن زوجة أبيها أصبحت أكثر قسوة حتى في كلامها وهذا بنبأ بأن الحياة سوف تكون أكثر ظلما وظلاما

فكرت جميلة كثيرة في حياتها اليوم وفيما قد تصبح عليه غدا وهذا الأمر يمكن توقعه وتوقع الكثير من زوجة الأب ومن أخيها وخاصة إن هو انتقل بالفعل للعيش معهما.

لم تستطع جميلة أن تصدق الأمر ولا أن تتحمله لقد كان كلما يمكنها التفكير في هي أمور سوداء وسوداوية.

بعد يومين وبعد طول تفكير خرجت جميلة بفكرة لكي
تتنجو بحياتها ونفسها.

لقد كانت زبدة تفكير جميلة هو الحل لحياتها، والحل كان هروبها من ذلك الجحيم.

بعد وفاة والدها لم يعد لديها سبب للبقاء في البيت لذا قررت الهرب من البيت ومن تلك الحياة البائسة.

لم تعد جميلة تريد أن تخضع لا لزوجة أبيها ولا لأخيها السكير بل هي تريد الهرب بجلدها تريد أن تتحرر وان لا تعود إلى هنا ثانية ولو مهما حدث معها حيث ستذهب.

لم يكن لدى جميلة أي أقارب ولا أي مكان قد تلجأ إليه لذا فان خطتها كانت للهرب من ذلك الجحيم بغض النظر عن المكان الذي هي متوجهة إليه.

وهكذا اكتسبت جميلة قوة خيالية بمجرد أن قررت الهرب وأصبحت بشعر بالقوة حقا وبالاندفاع إلى الأمام

لقد تخلصت من التبعية التي كانت تعيشها وتخلصت من كل تلك المشاعر السلبية وأيضا تخلصت من كل أنواع المشاعر التي كانت تربطها بذلك المكان وبأولئك الناس جميعهم.

قررت أن تترك كل شيء ورائها وان تفر إلى المجهول رغم أنها لم تكن تعلم ما الذي ينتظرها.

هكذا تحررت جميلة وخرجت في اتجاه الحرية، لقد قضت أول ليلة لها في الشارع.

لكن الأمر لم يكن سهلا أبدا

لقد سارت لمسافة طويلة جدا وضعت على متن حافة لكي تبتعد عن زوجة أبيها وأخاها السكير

وسارت بعد ذلك وسارت وسارت بلا كلل ولا ملل وبكل إصرار لكي تبتعد

لقد كانت خائفة من الضرب والاعتداء من أخ زوجة أبيها السكير

كانت جميلة تعلم تماما بأن زوجة أبيها لن تنصرها في حالة ما إذا هي تعرضت للإساءة أو الاعتداء من طرف أخيها

كما أنها تعرف بأن له أساليبه في الضغط والتعذيب

لقد كانت خائفة من أن تصبح عبدة جنسية له وعبدة وخادمة لأخته وان تفني حياتها كلها بهذا الأسلوب السيئ وبهذا الشكل المظلم

لكن وعلى ما يبدو أنها لم تفر بعيدا من المصير الذي خافت منه، فقد قضت تلك الليلة في الشارع

وعندما انتبه لها بعض الرجال السكارى حاصروها واعتدوا عليها بشكل بشع جدا.

لقد كانت تجربة صعبة جدا وأليمة وتشبه بعض الشيء حياتها في بيت والدها مع زوجته الشريرة وأخاها السكير.

وبعد مرور تلك التجربة قررت جميلة أن تقوم بأمر ما، لقد كان قرارها وليد تلك التجربة الأليمة التي عاشتها في الشارع، إنه درس لقنه لها أولئك الرجال السكارى.

خرجت جميلة من تلك التجربة برأي وقرار، لقد قررت أن تخرج من شكلها كأنثى وأن تصبح رجلا وان كان فقط بالشكل الخارجي لكي لا يستقوي عليها أي أحد ولكي لا يراها الناس بأنه مجرد امرأة ضعيفة.

كان ذلك التغيير أن حلقت شعرها كله، ووضعت على رأسها قبعة وارتدت ملابس رجل.

لقد كان لا يزال معها بعض المال ولأنها قد حملت مالا فقط ولم تحمل أية ملابس معها فقد رأت رجلا مشردا في الشارع وبالضبط في ذلك المكان الذي قضت فيه ليلتها والذي تعرضت فيه للاعتداء وأعطته مالا مقابل شراء الثياب القديمة المتسخة التي كان يرتديها.

فرح الرجل المتشرد بالمال فنزع ثيابه وأعطاها لها.

وهكذا تخلصت من الفستان وأصبحت ترتدي أكثر من سروال فوق بعضهم البعض وقميص وجاكيت ممزق.

لقد أصبح شكلها بالفعل اقرب للرجل منه للمرأة وخاصة أنها كانت تمتلك جثة كبيرة، كانت طويلة وبدينة بعض الشيء، وكانت تتميز ببعض الخشونة ولها ملامح وجه قاسية بعض الشيء ولا تحتوي شيئا من نعومة النساء.

كانت جميلة تمتلك ثديين صغيرين ربما يكونان نتيجة بدانتها فقط وليس شكلها كشكل الأثداء الحقيقية والمليئة أنوثة.

بل هي اقرب لأثداء البدناء كانت تشبه الفتيات الصغيرات البدينات حين تصبح لديهن أثداء من السمنة، أو حتى بعض الرجال يمتلكونها إلا أنها ليست أثداء مملئة ومنحوتة ولا بارزة ومتدلية.

وهكذا قررت جميلة أن تحافظ على ذلك الشكل وأن تصبح رجلا بالفعل.

لقد تجاوزت ما حدث معها وأصبحت تنظر إلى العالم بنظرة ايجابية وهي مقبلة على الحياة التي أحدثت فيها قراراتها القوية تغييرا.

قررت أن تعمل وان تعيش في هذه المدينة، لم يكن العمل عائقا بالنسبة لها فهي تستطيع أن تعمل أي عمل كان لأنها تمتلك جسدا قويا ويمكنها تحمل العمل الشاق أيا كان نوعه.

كما أنها قد قضت كل حياتها في الأعمال الشاقة وهذا ما جعلها لا تخاف أي شيء.

فكرت جميلة في الكثير من الأعمال التي كانت ترى بأنها قد تصلح لها، وخاصة أنها كانت تريد أن تختبئ وان لا يتم العثور عليها.

فكرت في أن تجد عملا لدى حداد أو ميكانيكي، كانت ترى بأن تلك هي البيئة الأنسب لها ومن عدة نواحي.

تحصلت جميلة بالفعل على العمل الذي كانت تريده وتبحثه عنه، إلا أن العمل كان مضنيا ومتعبا رغم أن صاحب العمل قد سمح لها بالمبيت في المرآب وهذا أمر جيد بالنسبة لجميلة التي لم تكن تعرف المدينة.

كما انه قد امن لها الحماية من الشوارع وأهوال الشوارع.

لقد أصبحت جميلة تواجه العالم على أنها رجل وليس
فتاة وأطلقت على نفسها اسم جميل.

في يوم من الأيام جاءت سيدة إلى المحل لكي تصلح سيارتها، وقد كانت سيدة ثرية جدا ولها سيارة رائعة.

كانت تلك السيدة تتردد على ذلك المرآب مرة على مرة وقد عرفت بأن جميل هو شاب جديد في المدينة.

كان للسيدة نظراتها الخاصة وقد أعجبت بجسم الشاب جميل وهكذا دعته من أجل شرب القهوة أو الشاي لكي تتبادل معه أطراف الحديث.

لقد كانت تلك الدعوة بمثابة العرفان بجميله في إصلاح سيارتها في الوقت المناسب لأنها لم تكن تريد أن تتركها في المرآب لعدة أيام بل كانت تريدها في نفس اليوم وهذا ما جعل جميل يترك كلما كان وراءه لكي يهتم بسارة السيدة الزبونة المهمة على حسب قول صاحب المحل.

لبى جميل الدعوة ورافق السيدة في سيارتها إلى المقهى حيث طرحت عليه بعض التساؤلات عنه وعن حياته وعن الظروف التي أوصلته للعمل في ذلك المرآب.

تطور موعد القهوة ليصبح موعدا على الغداء لأن الحديث كان شيقا وجيدا ولم يشعرا بمرور الوقت فقد كان الشاب جميل بسيط ومحبب بالنسبة لتلك السيدة.

وهكذا قال جميلة للسيدة الثرية:

سيدتي لقد أحسنت إلي ولا أريد أن أخدعك

السيدة الثرية:

تخدعني.. ماذا تقصد؟

جميل:

نعم، أنا أريد أن أصارحك بالحقيقة

السيدة الثرية:

وأية حقيقة هي؟

جميل:

المظاهر خداعة، وليس كل ما نراه هو حقيقة

السيدة الثرية:

ماذا تقصد يا جميل؟

جميل:

جميل انه ليس اسمي وأنا لست رجلا بل أنا امرأة
واسمي جميلة وأنا قد تخفيت بهذا الشكل خوفا على
نفسي من الاعتداء في الشارع

لقد رأيت أمورا مرعبة في حياتي

ولا أريد أن يراني الناس على أنني امرأة ضعيفة

السيدة الثرية:

لا تقلقي يا عزيزتي كلنا نخفي الأسرار

وكل شخص يجعل الناس يرون ما يريده هو وتلك هي لعبة الحياة لمن يتقنونها.

جميل:

هل هذا يعني بأنك ليست غاضبة مني؟

السيدة الثرية:

ولما اغضب؟ لقد قلت لك كلنا لدينا ما نخفيه

لا تقلقي الحياة تسير هكذا

جميل:

شكرا لك يا سيدتي أنت حقا سيدة طيبة وعظيمة

السيدة الثرية:

بل اشكر القدر لأنه قد جمعنا

جميل:

شكرا لك يا سيدي وشكرا للقدر أيضا

هل تسمحين لي بأن اقبل يدك تعبيرا عن الشكر والتقدير

السيدة الثرية:

لا بأس

لقد أعجبت السيدة الثرية جدا بذلك الشاب جميل أو الفتاة صاحب الجسم الجميل والجثة الكبيرة وأيضا المتواضع والخاضع لقد كانت لدى جميلة الكثير من المواصفات التي تجعل الناس او فئة منهم قد يعجبوا بها.

وقد قصت عليها كل قصتها والذي أوصلها إلى هذه المدينة والى هذا المرآب بالذات.

بعد أن قبل جميل يد السيدة الثرية قالت لها هذه الأخيرة:

أريد أن اطرح عليك سؤالا يا جميل وقد كانت لا زالت تعامله على انه شاب لأن كونه فتاة لم يكن الا سرا قد اخبرها به وليس شكله أمام الناس

جميل:

تفضلي يا سيدي واطرحي ما شئت من الأسئلة.

السيدة الثرية:

هل ترغبين بالعمل لدي؟

جميل:

أنا اعمل لديك يا سيدتي

السيدة الثرية:

أجل لدي في بيتي، يمكنني أن أوفر لك عملا جيدا وراتبا جيدا ويمكن أن تنعمي بأسلوب حياة مريح وجيد

جميل:

أجل أجل يا سيدتي

السيدة الثرية:

هل تعلمين بأنك تتمتعين بصفات جسمانية رائعة بل أنت مزيج بين امرأة ورجل في آن يمكنني قول ذلك حتى وان لم تخبريني بحقيقتك ولك تلك القصة الحزينة التي كنت أنت بطلتها.

جميل:

شكرا لك يا سيدتي

السيدة الثرية:

أجل يجب أن تكوني ممتنة لما حصلت عليه من الحياة

جميل:

أنا شاكرة دائما

السيدة الثرية:

سوف تحبين العمل لدي أنا واثقة من ذلك، وأيضا أريدك أن تعلمي بأنه لدي ما يفوق العشرون عاملا وخادمة في بيتي فبيتي كبير ويحتاج الكثير من الخدم ولكنني أحسن إليهم جميعا.

جميل:

وأنا أيضا أظن ذلك فأنت حقا سيدة محسنة وطيبة ولم أقابل امرأة مثلك من قبل فزوجة أبي كانت امرأة شريرة جدا.

السيدة الثرية:

لدي سؤال آخر

جميل:

وما هو؟

السيدة الثرية:

انه سؤال خاص بك أنت، هل تحبين شكلك كامرأة أو شكلك كرجل؟

جميل:

في الحقيقة لقد عشت كل حياتي على أنني امرأة ولكنني كنت ضعيفة جدا

أظن أن شكلي كرجل هو الأفضل من أجل التخفي فهو يساعدني إلا انه ليس كاملا

السيدة الثرية:

اسمعي أنت لديك مستقبل زاهر أمامك

وأنا لدي عمل لك بشكلك هذا أو ذلك

أنت لديك شكل مميز

أنت لا تعلمين بما أنت تتميزين وما الذي لديك

أنت يا جميلة تمتلكين ثروة لا تعلمين عنها شيئا.

جميل:

أحقا؟

السيدة الثرية:

أنا اعني ما أقوله، وأنت سوف ترين السعادة بأم عينيك إن أطعت كلامي

جميل:

كلي سمع وطاعة يا سيدتي

السيدة الثرية:

أجل أنا أحبك هكذا .. أنت تعجبينني هكذا هادئة ومطيعة وقوية البنية وجميلة بطريقة مميزة

جميل:

لطالما كنت هكذا يا سيدتي

السيدة الثرية:

استمري يا عزيزتي في الحياة والعيش بهذه الطريقة

جميل:

حاضر سيدتي

السيدة الثرية:

أرأيت ما اعنيه.. أنت مميزة بالفعل يا عزيزتي

جميل:

شكرا لك سيدتي

السيدة الثرية:

لا تشكريني حتى ترى السعادة التي أقدمها لك بأم عينيك

جميل:

أنا ممتنة لك يا سيدتي

السيدة الثرية:

هيا بنا الآن

جميل:

الى اين؟

السيدة الثرية:

إلى بيتي طبعا وسوف ترين العز الذي لم تره من قبل
أيدا

وافقت جميلة على مرافقة السيدة الثرية وسارت نجو المجهول من جديد ولكنها كانت متفائلة جدا.

لقد كانت ترى بأن السيدة الثرية هي امرأة طيبة ولا يمكن للشر أن يرتبط بامرأة طيبة.

لقد وافقت جميلة لعدة أسباب منها أنها قد تعبت في كل حياتها ولم تعجب بحياة التشرد وأيضا العمل في المرآب كان متعبا ومرهقا جدا.

لقد كانت تبحث عن حياة جديدة، حياة أفضل.

كما انه كان للسيدة أمر كثيرة تشجع على الوثوق فيها ومن بينها وجهها السمح ونبرة صوتها المنخفضة التي لا تشبه الصوت العالي لزوجة أبيها دائمة الصراخ.

كان للسيدة الثرية ملامح حنونة، وهذا ما جعل جميلة تعتبر ذلك دليل على الخير الموجود بداخلها وإشارة على الطيبة التي تحملها في داخلها.

رافقت جميلة السيدة الثرية التي عندما وصلوا إلى البيت قالت لها:

ادخلي البيت وافعلي ما يحلو لك

فعملك لم يبدأ بعد

يمكنك أن تستمتعي بوقتك فقط كلي ونامي وتسلي وتعرفي على الخدم والخادمات إن أردت يمكنك أن تكوني صداقات إن شئت.

انبهرت جميلة بتلك الفيلا الكبيرة والواسع بساحتها الكبيرة وحديقتها وموقف السيارات.

لم تكن لتتخيل المكان فقط من باب التخيل لم تكن لتستطيع خيلها إنها أمور يصعب على العقل الصغير ومحدود التفكير أن يجعلك تتخيل مدى ثرائها وكيف هي تتمتع بأسلوب الحياة المرفه ذلك.

بعد أن ارتاح الجميع وأخذت جميلة حماما وتخلصت من كل تلك القذارة التي كانت تلتصق بها ما ماضي حياتها البائس، أجرت لها السيدة الثرية جلسة لكي تختار لها الثياب التي تناسبها.

لقد جربت عليها ملابس الرجال وملابس النساء لكي ترى ما هو الشكل الذي سيناسبها أكثر من غيره.

وجرت عليها العديد من الباروكات القصيرة والطويلة وبمختلف الألوان.

فكانت تجعلها تجرب كل شيء وأحيانا لا تضع الباروكات، كانت السيدة الثرية تريد أن تخرج بالنتيجة الأكثر نجاحا من أجل شكل يناسب جميلة أكثر من غيره.

لقد تغيرت جميلة كثيرا وكان يصعب التعرف عليها في تلك الأثواب والبدلات وأيضا الباروكات، لم تعد تشبه نفسها.

غريب كيف يمكن للمظهر أن يغير من شخصية الشخص ويوحي بالكثير عنها حتى وان لم يكن صحيحا ما يوحي به.

عاشت جميلة فترة طويلة في بيت السيدة الثرية، حيث كانت معجبة جدا بالمكان وبكل التفاصيل.

كانت جميلة تستمتع بالحياة في الفيلا تسرح وتمرح، وأيضا تأكل وتشرب وتنام جيدا.

كانت تتعلم السباحة وتجلس لساعات في الحديقة تستمع بالشمس والظلال الجميلة والهواء العليل.

بعد مرور شهر بالكامل أو أكثر بقليل أقامت السيدة الثرية حفلة في فيلتها.

لقد أمرت السيدة الثرية الجميع بالتجهيز من أجل الحفلة، الحفلة التي كانت تتوقعها والتي هي المستضيف لها.

وبعد كل التجهيزات من التزيين وأيضا تحضير الطعام والشراب وما إلى ذلك، طلبت السيدة الثرية من جميلة ان تختار الثياب التي تعجبها من أجل الحفلة والباروكة التي تشعر ابنها تناسبها.

لقد أخبرتها بأن تفعل ما تفعله باقي الخادمات لديها

لقد كان لدى السيدة الثرية خادمات للتنظيف والغسيل وخادمات للطبخ ولكن كانت هناك بعض الفتيات كن فقط جالسات مرتاحات ولا عمل لديهن وأيضا بعض الشباب وهذا ما كانت تستغربه جميلة إلا أنها كانت تستمتع برفتهن.

وبعد ان عمت بعض الفوضى الجميلة التي تسبق الحفلات وراحت الفتيات تخترن الثياب في سعادة ومرح اختارت جميلة معهن وفعلت ما يفعلن وفعلت ما أمرتها به السيدة الثرية.

لم تكن جميلة تعرف حقيقة الحفلة إلا أنها كانت سعيدة مثلها مثل البقية.

وصل إلى البيت الكثير من طلبيات الطعام بالإضافة الطعام المطبوخ هناك والكثير من الحلويات.

وعمت بعض الفوضى وأخرجت الفتيات الملابس والفساتين والباروكات، وأعليت في الفيلا أصواب العزف والغناء من أجل بعض التدريب من أجل حفلة المساء.

لقد كانت الحفل من أجل بعض الرجال المهمين الذين يقيمون حفلة في بيت السيدة الثرية.

كان سيحضر الكثير من الرجال المهمين في المجتمع
وعلى السيدة الثرية أن تهتم بكل أمور الحفلة وما
يخصها من كل التفاصيل.

وعلى السيدة الثرية أن تجهز لهم الطعام والشراب
وأيضا الفتيات من أجل الغناء والرقص واللهو وليس
فقط فتيات بل وشبان أيضا.

حفلة وحظ

خلال الحفلة أعجب الجميع بالوجه الجديد واثنوا على السيدة الثرية لأنها قد أحضرته وقد كان ذلك الوجه الجديد يجمع بين صفت المرأة والرجل وهذا ما جعله مميزا في نظرهم.

استحوذ الوجه الجديد على كل الأنظار فطلبوا من السيدة الثرية أن تجعله يتبختر أمامهم في العديد من الثياب وفي شخصيات متنوعة بين امرأة ورجل.

كانوا وكأنهم يراقبونه أو ربما يريدون أن يخرجوا أجمل ما لديه وان يرو كل الشخصيات التي يمكنه أن يكون عليها.

أعجب أحد الرجال كثيرا بجميلة أو جميل فقد كانوا يميلون لكونه جميل مقارنة بكونها امرأة.

تشاور مع أصدقائه وبعد كثرة نقاش توصلوا إلى أن هذا الرجل هو الفائز بجميل.

لقد اشترى جميلة من السيدة الثرية ودفع لها ثمنا ضخما من المال في مقابل أن يصطحب جميل معه إلى بيته.

قالت السيدة الثرية لجميلة:

تعالي واجلسي أريد أن أصارحك بأمر ما

جميل:

ما الأمر هل أخفقت في شيء ما؟

السيدة الثرية:

لا بالعكس الجميع سعيد بك وبوجودك وهم فرحون لرؤيتك ولأنك انضممت إلينا ولكن...

جميل:

لكن ماذا؟

ما الأمر؟ انأ اشعر بالقلق

السيدة الثرية:

لا تقلقي أبدا الأمر ليس سيئا، لا تكوني سوداوية بل تفاءلي دائما وفكري بايجابية لكي تفتح لك الحياة ذراعيها.

جميل:

ماذا إذن؟

السيدة الثرية:

اسمعيني جيدا

جميل:

حسنا

السيدة الثرية:

ما الذي تريده المرأة غير الحماية والأمان، لدي ما أخبر كبه وهو أمر هام جدا

جميل:

أنا أنصت جيدا

السيدة الثرية:

لقد طلبك السيد س ج

جميل:

طلبني؟

السيدة الثرية:

أجل طلبك يريدك أن ترافقيه إلى بيته

جميل:

لماذا؟

السيدة الثرية:

يريدك أن ترافقيه إلى بيته وأن تعيشي معه.

جميل:

وماذا اعمل لديه؟

السيدة الثرية:

أي شيء لا تهتمي

المهم هو انه قد طلبك أنت وأنت بالذات

هل تعلمين بأن السيد س ج هو رجل ملياردير،
وسوف تعيشين بسعادة في كنفه ولن تحتاجي شيئا
طالما هو على قيد الحياة.

جميل:

وماذا افعل لديه؟

هل سأكون خادمة؟

السيدة الثرية:

لا تقلقي حول ذلك، كل ما سيطلب منك غير مهم المهم انه قد وقع اختياره عليك

اسمعي كل ما يهم هو انه قد اختارك من بين كل الفتيات والسيد **س ج** لا يمزح في مثل هذه الأمور لقد كان يأتي إلى هنا منذ سنوات عديدة ولم يحدث وان اختار فتاة أو شابا وطلب أن يرافقه وهذا يعني انك مميزة.

جميل:

ما رأيك أنت وبما تنصحينني؟

السيدة الثرية:

انه ينتظر وأنا أرى بأنها فرصة رائعة بالنسبة لك فرصة قد لا تتكرر أبدا

أرى أن تغادري فورا وان ترافقيه وبدون أن تقلقي حول أي شيء مهما كان.

جميل:

حسنا

السيدة الثرية:

اسمعيني لدي نصيحة أخرى لك

جميل:

ما هي؟

السيدة الثرية:

السيد **س ج** مريض فلا تجعليه يغضب منك أبدا

يجب عليك إطاعته تماما وان تحققي له كل رغباته، عليك أن تجعليه سعيدا وكلما كان راضيا سوف تكونين أنت سعيدة.

لا تهتمي إن اعتبرك خادمة أو مرافقة، شابا أو فتاة، لا يهم أن اعتبرك خليلة كلما عليك هو أن تجعليه سعيدا.

جميل:

حسنا فهمت

السيدة الثرية:

حافظي على رواقه وسعادته وأيضا على هدوئه وصحته، يجب أن تهتمي بصحته لأنه شخص مريض ولن يخدمك وفاته لأنك سوف تصبحين مجرد خادمة في بيته وقد تتبعين الإرث أو ربما يتم إرساله للعمل في بيت آخر

أنا أنصحك بأن تجعليه يؤمن لك حياتك قبل أن يغادر الحياة فهو شخص طيب وان كان راضيا عنك لن يبخل عليك.

جميل:

حاضر

اقتربت السيدة الثرية من جميلة وقالت لها:

هيا عانقيني لكي أودعك وأنا أتمنى لك كل التوفيق.

جميل:

لا اعرف أن كنت أريد أن أفارقك يا سيدتي

السيدة الثرية:

لا تقولي هذا الكلام، هذه حياتك ويجب أن تنطلقي ولا تترددي

جميل:

حسنا سيدتي

السيدة الثرية:

ولا تنسي عيشي بسعادة

جميل:

حاضر يا سيدتي

السيدة الثرية:

واعملي حسابك على يوم غد

جميل:

سوف افعل كلما تطلبين مني

السيدة الثرية:

اجعليه سعيدا لكي تعيشي سعيدة وحققي له كلما يطلبه
بل اعتبري كل كلامه أوامر مجابة

جميل:

شكرا سيدتي

الحياة المثالية

غادرت جميلة مع الرجل الملياردير السيد **س ج** إلى مجهول جديد ولكن لقد كانت ملامحه واضحة بعض الشيء لأن السيدة الثرية قد شرحت لها بعض الأمور عن الحياة التي هي مقبلة عليها.

لقد كانت بالفعل خادمة مطيعة وخادم أمين وامرأة حنونة ورجل شهم لقد كانت جميلة تجتمع فيها كل الصفات المهمة وكل الصفات الجيدة والتي يبحث عنها أي رجل في شريكة حياته.

ولكن الرجل الملياردير السيد س ج كان يعتبرها خليلة له، بل وخادمة لملذاته وغرائزه وشهواته وكانت هي تحقق له كلما ما يريد.

كانت جميلة تلبس له ثوب امرأة وثياب الرجال وترقص له وتتمايل مرة امرأة ومرة رجلا ومرة بين البينين.

لقد كانت خليلة وصبيا وكل ما يتمناه ذلك الرجل الملياردير.

وبالرغم من طل تلك الأمر الغريبة التي كان يطلبها الرجل المياردير من جميلة إلا أنها كانت تعيش في سعادة في قصر الرجل الملياردير

كانت تتناول أشهى الأطعمة وتلبس أجمل الثياب ولم يتوقف الأمر عند هذا الحد بل أصبح لديها الكثير من الخادمات اللواتي يطعن أوامرها وينفذن كلما تطلبه منهم أو تأمر به.

لقد عاشت جميلة حياة مثل الأميرات وبعد كل تلك المعاناة قد ابتسمت لها الحياة وفتحت لها ذراعيها ولم يكن الثمن قاسيا بالنسبة لها ومقارنة بكل ما مرت به في حياتها.

نهاية السعادة

لم تستمر تلك السعادة ولا تلك الحياة لفترة طويلة بل فان لكل شيء نهاية كما له بداية.

وبعد مرور ثلاث سنوات مرض الرجل الملياردير وأصبحت حالته سيئة جدا.

اعتنت جميلة بالسيد س ج الملياردير وكانت له عونا على مرضه وقد كانت في خدمته في أحرج أوقاته ولكن كل ذلك لم يمنع الموت عليه.

توفي السيد.... وبقيت جميلة في هذه الحياة لوحدها وأصبح في مواجهة المجهول من جديد.

لم تكن تعلم كيف ستكون أيامها القادمة وكيف لها أن تعيش بدون السيد.....

بعد أن تعودت عليه وعلى الحياة السهلة والمريحة قد انتهى كل شيء وأصبح عليها التقدم إلى الأمام وبمفردها.

عملية الحرية

سأل السيد س ج جميلة عن أمنيتها الأخيرة واخبرها بأنه يستطيع أن يحققها لها قبل موعد وفاته الذي أصبح قريبا وقال لها:

اسمعيني يا جميلة جيدا لقد أسعدتني في أيامي الأخيرة لذا أنا أريد أن أجزيك بشيء

جميل:

لقد اسعدتني كل حياتي يا سيدي

أنا لم أر السعادة قط قبل أن آتي للعيش معك هنا

أنت بالنسبة لي كل السعادة التي وجدت في هذه الدنيا

السيد الملياردير:

اطلبي ما شئت ولا تترددي

جميل:

أنا أفكر في فكرة غريبة وربما قد تعتبرك غبية

السيد الملياردير:

وما هي؟ قولي لا شيء يصعب علي

جميل:

أنا أخاف من كوني امرأة ولا أريد أن أعيش كامرأة بل
أريد أن أصبح رجلا

أريد أن أعيش حياتي كرجل

أريد أن اجري عملية وأصبح رجلا وان أواجه العالم
لوحدى على أنني رجل

السيد الملياردير:

لك ذلك يا جميلة

جميل:

سيدي ماذا تقصد؟

السيد الملياردير:

سوف تجرين عملية وتصبحين رجلا ويمكنك او
تتقدمي الى المجتمع على انك رجل ولكن بشرط

جميل:

وما هو الشرط يا سيدي؟

السيد الملياردير:

لا أريدك أن تخضعي للعملة الآن بل سوف تخضعين
لها بعد مغادرتي الحياة لأنني احبك كما أنت وأريدك
إن تبقي معي لآخر لحظات حياتي كما أنت جميلة التي
أحببتها دائما.

جميل:

سيدي لا تذكر الموت رجاء

السيد المليرادير:

أنا اعرف بأن نهايتي قد اقتربت ولا أمانع في ذلك
ولكما أطبله وارجوه هو أن أعيش باقي الأيام بسعادة
ومعك أنت ولا أحد غيرك

أنت لطالما كنت حنونة معي وجعلتني أعيش بسعادة
عارمة وغمرتني بلطفك لذا أنا أحببتك يا جميلة

جميل:

وأنا أيضا أحبك يا سيدي

السيد المليرادير:

هذا كل ما أحب سماعه منك

بداية جديدة كرجل

بعد وفاة السيد ... اكتشفت جميلة بأنه قد وفى بوعده الذي لم تكن تشك فيه.

لقد قام بكل الترتيبات من أجل خضوعها لتلك العملية ودفع كل التكاليف، وقام بالتوصية عليها وقد كلب من محاميه أن يساعدها في كل أمور حياتها إلى أن تقف على رجليها.

خضعت جميلة للعملية وأخيرا حققت حلمها وأصبحت رجل من الداخل والخارج رجلا كاملا، وليست أنثى تتخفى في ثياب رجل.

لقد حققت حلمها الذي لم يكن حلمها لفترة طويلة بل أصبح لها حلما وهاجسا يراودها ويطاردها وهي تسعى إليه بكلما ما تمتلك من قوة

لقد كانت جميلة ترى بأن القوة تكمن في أمرين هما الرجولة والمال

وقد أصبحت هي اليوم وبعد كل تلك المعاناة التي مرت بها وبعد كل تلك المغامرات التي خضعت لها.

وقد تحصلت وبفض حظ قد حالفها على كل ما تريده

أصبحت رجلا وتحصلت على الكثير من المال

مال تلقته وهدايا من السيد س ج من ذهب ومجوهرات وبنايات وشقق وغيرها

ومال تركه لها في وصيته بعد وفاته

وبعد أن خضعت إلى تلك العملية أصبحت رجلا كما
تمنت.

الاضطرابات النفسية

لم تكن العميلة سهلة وقد تعرضت للكثير من الاضطرابات النفسية بعد العملية وهذا ما جعل المحامي الخاص بها والذي أوصاه السيد س ج على جميلة يقرر أن يدخلها إلى مصحة.

لم يكن في نيته إلا مساعدتها وقد جعل الأطباء يعتنون بها ووفر لها رعاية خاصة وكان يتوقع منهم أن تخرج

قريبا وان لا يتم احتجازها في المستشفى إلى أجل غير مسمى.

لم تستطع جميلة أن تتأقلم مع شكل جميل الجديد رغم انه كان يرافقها لبعض الوقت.

لكن وبفضل العلاج النفسي فقد تحسنت مع مرور الوقت وأصبحت كل يوم تصبح أفضل.

لقد استغرقها العلاج النفسي بعض الأشهر حتى أصبحت أفضل أخيرا ولكنها دخلت المصحة وهي لا تعلم أن كانت امرأة أو رجل ولكنها ويعد العلام خرجت رجلا لقد خرجت في أتم الاستعداد لمواجهة العالم الخارجي.

الانطلاق ولا عودة

خرج جميل من المصحة العقلية وقد قرر أن ينطلق في حياته على انه رجل قد ولد يوم خروجه من تلك المصحة ولكنه قرر أن يحتفظ باسمه جميل الاسم الذي رافقه في رحلته لكي يتحول من امرأة ضعيفة إلى رجل قوي.

رجل قوي بدنيا وجسديا وقد قررت أن يقوم ببعض التمارين لكي يكتسب بعض العضلات التي توحي بالقوة.

ومن أجل هذا انضم إلى نادي رياضي ولكن لم يكن أي منادي بل كان ناديا راقيا ولا يدخل أي شخص لأن جميل لم يكن يريد أن يختلط بالعامة ولم يكن يريد أن يرى جسمه أي أحد ولازالت هناك بعض الأنوثة في جسمه إلا أنه كان يتناول الأدوية والكثير من الفيتامينات المعينة التي تجعل جسمه يتخلص من الأنوثة ويصبح أكثر ذكورة.

وبعد عدة جلسات لم يعد يريد الذهاب إلى النادي الرياضي لأنه قد شعر بتعب نفسي لأن الرجال هناك كانوا أقوياء ويختلفون عنه.

قرر أن يوظف مدربا وان يدربه في بيته وهكذا يكون الأمر أفضل بكثير، ولا يتعرض للضغط النفسي ولا لكل تلك التبعات النفسية.

ما حدث مع جميل في النادي الرياضي جعله يعيد الخضوع إلى الجلسات النفسية ولكن هذه المرة في عيادة خاصة يتردد عليها هو وليس مصحة يقيم فيها.

فرؤيته لكل أولئك الرجال المليئين بالذكورة وملامح الرجولة جعله يشكك في جنسه وجعله ذلك الأمر يشعر بأنه اقل منهم ولا يقارن بهم.

ولكن وبعد أن تردد على عيادة الطبيب النفسي أصبح أفضل بكثير وتوصل إلى التصالح مع ذاته.

يعد أن تدريب كثيرا وبفضل تلك الأدوية التي داوم على تناولها أصبح جميل جاهزا لمواجهة العالم وأخيرا.

لقد أصبح رجلا وأيضا رجل غني فقد ترك له السيد **س ج** ثروة جعلته قويا ويستطيع أن يواجه العالم بكل قوة.

حب الظهور

لقد تلقن جميل درسا في مشوار حياته وتعلم بأن الرجل يكون قوي بالمال لذا فقد أراد أن يحافظ على ماله بل وان يجعله ينمو مثلما تنمو الأشجار

فالمال قوة وفقدانه يسبب الضعف والعجز.

طلب جميل المساعدة من محاميه لكي يساعده على نمو ثروته، وقد أعطاه العديد من الأفكار لكي يجني أموالا

منها البورصة وشراء بعض الأسهم، وغيرها من الأعمال التي تدر الأموال على الأثرياء.

لكن جميل كان لا يزال يبحث عن أمر آخر

لقد كان يريد أن يثبت نفسه في المجتمع، لقد كان يريد للمجتمع أن يستقبله على انه رجل وأيضا أن يقدره ويعطيه حقه من الشكر والثناء والاحترام والتقدير.

فكر في أمور كثيرة لكي يختلط في المجتمع ويندمج ولكنه لم يجد ما يجعله يشعر بذلك الشعور الذي كان يطارده ويبحث عنه ولم يشعر به يوما.

إنه إحساس يعتقد بأنه في انتظاره هناك في مكان ما في العالم.

كان على جميل أن يفكر في المكان الذي فيه ذلك الإحساس وان يصل إليه بأية وسيلة وبأي طريقة وبأي ثمن كان.

الشهرة..

عندما فكر جميل بصوت عالي وبوجود محاميه أخبره بأنه يستطيع أن يصل إلى مبتغاه إذا أصبح مشهورا فقال له جميل:

ماذا تقصد بمشهور؟

المحامي:

مشهور أي يعرفك كل الناس وفي كل أقطاب العالم

جميل:

هل تقصد مشهورا مثل المغنيين والممثلين؟

المحامي:

الشهرة ليست حكرا على الممثلين والمغننين

جميل:

كيف إذن؟

المحامي:

ألم تسمع برجال الأعمال المشهورين؟

جميل:

أجل سمعت بالبعض أحدهم قد تزوج من ملكة جمال العالم الشهر الماضي، أليس كذلك؟

المحامي:

أرأيت لقد قلت الحل بلسانك ولكنك لم تتعرف عليه

جميل:

وما هو الحل الذي تقصده؟

المحامي:

لقد قلت بنفسك رجل الأعمال الذي تزوج بملكة الجمال العالم ولوا ملكة جمال العالم وشهرتها لما سمعت أنت عن رجل الأعمال الشهير الذي تزوجها

أي إن شهرته بنيت على شهرتها وبفضل شهرتها.

جميل:

أجل ولكن لم افهم ما الذي ترمي إليه بالضبط؟

المحامي:

لكي تصبح مشهورا يجب ان يقترن اسمك بامرأة مشهورة

جميل:

هل تقصد أن أتزوج ملكة جمال؟

المحامي:

لم اقصد الزواج بالضبط رغم انه لا عيب في الزواج فالزواج استقرار وعلى كل شخص أن يحظى بشريك حياته لكي يعينه على حياته.

جميل:

لا لا أنت تعلم حقيقتي أنا لا أفكر في الزواج أبدا

المحامي:

وما عيب ذلك سوف تتعود على الأمر وسوف يساعدك الطبيب النفسي في أي أمر تريده وهذا سوف يحدث مع الأيام

ولكنني في الحقيقة لم اقصد الزواج مرة واحدة

جميل:

ماذا تقصد بالتحديد؟ رجاء وضح الأمر لي

المحامي:

اسمع هناك طريق كثيرة

يمكنك أن تظهر مع فتاة مشهورة ويلتقط لكي عض البابارتزي الصور وذلك طبعا بطلب منك وان تدفع لهم مقابل ما تكتبه عنك أقلامهم

جميل:

هكذا تسير الأمور إذن؟

المحامي:

ويمكنك أن تدعو إحداهن للعشاء

ويمكنك أن تذيع في وسط الناس بأن هناك علاقة غرامية تجمعكما

وريما يمكنك أيضا أن تخطب إحداهن وقد تنفصل عنها

الصحافة تحب كل شيء الإشاعات الارتباك الحب وحتى الانفصال، وكل هذه الأمور تعود عليك بالشهرة.

جميل:

ولكن هل ستقبل مثل تلك النساء الخروج معي؟

المحامي:

ما الذي ينقصك يجب عليك أن تخضع لعلاج يجعلك تثق في نفسك أكثر سوف أجد لك العلاج الملائم لحالتك هذه

أظن أنها تنقصك الثقة في النفس

جميل:

حسنا، ليس هذا قصدي ولكنني أرى أنهن يخرجن مع الرجال المهمين فقط ويرتبطون بهم

المحامي:

اسمع

أولا

ما الذي تبحث عنه هؤلاء الفتيات كلم ما يردنه هو المال

فهن يتباهين في المجتمع بالسيارات والمجوهرات والرحلات في الطائرات واليخوت

ثانيا

لن تخرج معك أية فتاة كانت إكراما لك أو حبا فيك بل سوف ندفع لها ثمن الخروج معك وثمن كل الإشاعات التي تجمعها بك.

جميل:

انه مجرد عمل إذن مثل الصفقة

المحامي:

أجل، هل اعتقدت بأن كلما تراه وتسمعه هو حقيقي

إنها الأعمال يا صديقي الأعمال هي من تكتب في الصحافة والجرائد وهي التي تتحكم في كل ما يذاع على الشاشات.

جميل:

هل تأجير إحداهن هو أمر سهل؟

المحامي:

طبعا ليس بالأمر السهل ولا بالبسيط وهو مكلف أيضا وجدا ولكنه بسيط على من لديه أصدقاء يدعمونه من رجال أعمال وغيرها

جميل:

ماذا تقصد؟

المحامي:

أنا اعرف كل أصدقاء السيد الراحل ويمكنني الاستعانة بهم لأجلك فقد أوصاهم بمساعدتك بعد وفاته

جميل:

وهل سيقدون لي العون؟

هل يمكنهم فعل ذلك من اجلي؟

المحامي:

اسمع أولا هم يتحكمون في السوق ويتحكمون في الإعلام أيضا وكل تلك الفنانات هن بمثابة الخادمات لديهن وقد تعودن على الرقص والغناء في قصورهم

جميل:

إذن يمكن لأحدهم أن يجمعني بملكة جمال

المحامي:

ولما ملكة جمال؟

جميل:

ماذا تقترح إذن؟

المحامي:

ليس شرطا أن تكون ملكة جمال

بل إن الممثلات أكثر شهرة وأيضا المغنيات وطبعا نحن لن نربط اسمك براقصة

مع احترامي لكل الراقصات ولكن يجب ان يقترن اسمك بممثلة مثلا

أو ربما يمكننا أن نعمل على سمعتك بقليل من هذا وقليل من ذلك

جميل:

كيف؟

المحامي:

تصادق ممثلة لفترة وتخطب مغنية بعدها وتظهر بعض الإشاعات عنك مع ملكة جمال مثلا أو مذيعة أو إعلامية يجب أن تصبح زير نساء ولهن مشهورات إلى أن تقرر الاستقرار.

جميل:

الاستقرار

المحامي:

أجل يجب أن تفكر في الزواج لأنه قد تلاحقك بعد الشهرة التي سوف تتحصل عليها الصحافة والأقلام وسوف تجعله يتوقفون عند حدهم بزواجك

جميل:

لا اعلم حقا

المحامي:

دع كل شيء إلى وقته

جميل:

حسنا

المحامي:

سوف أتيك غدا بكل المعلومات عن النساء المتوفرات

جميل:

أنا حقا متشوق لهذا

المحامي:

خذ قسطا من الراحة ولا تفكر كثيرا فكل شيء يأتي
في وقته

جميل:

تصبح على خير إذن

المحامي:

أراك غدا

الزواج الشهير

غادر المحامي وبالفعل عاد إلى جميل في اليوم الموالي بالبوم صور واخبره بأن أصدقاء السيد س ج مستعدون لمساعدته وهذه صور النساء المتوفرات ويمكنه أن يختار منهن وان يكتب السيناريو بنفسه

كما اخبره بأنه لن يجعلوه يدفع أي نقود بل هي خدمة لصديقهم القديم ويقدمونها له بالمجان

اختار جميل والمحامي ثلاث نساء

إحداهن من أجل بعض الإشاعات

والأخرى لكي تصبح صديقته لثلاث أشهر وان تظهر معه في الأماكن العامة مثل المطاعم الراقية وغيرها

والثالثة أراد أن يعلن خطوبته عليها بعد سنة من هذا اليوم.

وبالفعل تم كل ذلك وأصبح جميل من أشهر رجال الأعمال لاقتران اسمه بكل تلك النساء المشهورات وأصبح له الكثير من المعجبين والمتابعين على مواقع التواصل الاجتماعي

لقد أعجب جميل بكل ما حصل معه في الآونة الأخيرة وأعجب بثوب الرجل الذي أصبح ثوبه.

كما انه قد نالت إعجابه تلك الشائعات التي تتناوله كل مرة مع جميلة ومشهورة.

شعر جميل بأنه حقا رجل ورجل مميز تجتمع فيه كل مقومات القوة الذكورة الرجولة والمال

وحب النساء ومطاردة المعجبات والشهرة

لقد أصبحت لديه الثقة بنفسه كثيرا ولم يعد يشعر بأنه
اقل من أي أحد.

بعد مرور السنة بالكامل وبعد أن افصل عن حبيبته الأخيرة توصل إلى أن كل كلام المحامي هو كلام صحيح مائة بالمائة لذا فقد قرر أن يستقر وان يتزوج

ولكنه أراد أن يتزوج إحداهن، لقد أراد أن يتزوج امرأة مشهورة، وهذا ما جعله يطلب من المحامي أن يقدم له هذه الخدمة وان يساعده في العثور على سيدة مشهورة لكي يتزوج بها.

لم يكن لدى المحامي أي مانع ولكنه اخبره بأن الأمر لن يكون سهلا أبدا

لأن أصدقاء السيد قد ساعدوه من باب الوفاء للسيد س
ج أولا ومن باب الترفيه والمزاح فهم يستمتعون برؤية
الناس يخدعون ويصدقون ما يحاك من قصص وهمية.

ولكن لا يعتقد بأنهم قد ساعدوه في هذا الأمر الذي هو
أمر جدي للغاية

لكن ظنون المحامي لم تكن صحيح وقد رحبوا
بمساعدة جميل للمرة الثانية فطلبوا من المحامي أن
يمهلهم بعض الوقت للبحث عن عروس مناسبة.

بعد مرور بعض الوقت تم استدعاء المحامي وأعطاه
أحد أولئك الرجال ثورة ممثلة واخبره بأن هذه جاهزة
للارتباط وهي تريد ان ترتبط برجل مثل جميل
مشهور ورجل أعمال ثري.

لم يكن على المحامي إلا إيصال الأمر إلى جميل
ولجميل الحرية في الموافقة أو الرفض.

تفاجأ جميل مثلما تفاجأ المحامي بالضبط والسبب في
ذلك أن تلك الفنانة لم تكن لامعة جدا ولكنها مشهورة

على مواقع التواصل الاجتماعي ولها الكثير من المتابعين

لم تكن تلك الفنانة في مثل شهرة حبيباته السابقات

وأيضا لأسباب أخرى منها:

كان لها أسلوبها في حياتها

أسلوبها الخاص فقد كانت تستعرض جسدها في بعض الأحيان وترقص بشكل خليع في بعض الأحيان الأخرى.

كما أنها كانت تتميز بمقومات متفجرة لم يكن لها جسم عادي بل يظهر عليها أنها قد خضعت للكثير من عمليات التجميل للنحت والنفخ.

ورغم كل ذلك إلا أن جميل قد وافق وخاصة بعد أن اخبره المحامي بأن هذه هي فرصته الوحيدة وعليه أن يقبلها أو رفضها ودون ندم وحسرة على القبول ولا على الرفض.

وقال له بكل صراحة:

إنها صفقة: خذها أو اتركها

كما أن المحامي قد اخبره بأن هان شاء يمكنه أن يتفق مع الفنانة بأن تصبح زوجته أمام الناس فقط وان يعطيها بعض المال مقابل زواجها به وان يشترط عليها بأن لا تكون بينهما أية علاقة.

وهكذا راق الأمر لجميل وقرر أن يخوض التجربة وان يقدم على تلك الخطة التي اعتقد بأنه مدروسة من كل الجوانب.

هكذا سارت الخطة على ما يرام وتزوج جميل بتلك الفنانة المشهورة التي اكتشف بأنها تتجاوز حدودها كثيرا ولا تلتزم بالعقد الذي بينهما

لقد كانت في الحقيقة امرأة كثيرة الميوعة تحاول التحرش بجميل في كل مرة تجتمع به.

كما أنها حاولت الدخول عليه في غرفة نومه لأكثر من مرة حتى انه فكر في أن يترك البيت.

ولم يتوقف الأمر عن هذا الحد إلا أن جميع لم يستطع أن يكبح جماحها ولم يستطع ان يسيطر على ما تفعله في مواقع التواصل.

لقد كانت تثير من الفضائح على مواقع التواصل.

لم يستطع جميل أن يتحمل كل ذلك ولكنه كن صابرا لأن المحامي اخبره بأنه يمكنه أن يطلقها بعد ثلاث سنوات أو أكثر وأن لا يستعجل بالانفصال عنها.

تحمل جميل كل تلك الأمور إلى أن دخلت عليه زوجته في يوم من الأيام وهو في الحمال ليكتشف بأنها ليست امرأة وبأنها في الحقيقة رجل أو يشبه ذلك إلا أنها تقدم نفسها إلى الجمهور على أنها أنثى.

لقد صدم جميل بالمنظر الذي رآه وتأزمت حالته النفسية ولكنه قرر أن يتخلص من تلك المرأة التي خدع فيها ولم تكن امرأة فعلا ولا حتى أنها قد خضعت لعملية وتحولت تماما مثلما فعل هو.

وهكذا قرر أن يتخلص منها في اقرب وفرصة وان يطلقها ولن يعيد الكرة مرة أخرى.

دخل بعد ذلك جميل إلى المصحة النفسية لكي يتلقى العلاج وقضى هناك ثلاث سنوات، وقد حاول الانتحار أكثر من مرة لأنه لم يعد يعرف ما هو جنسه في الحقيقة ولا ما يصلح له كشريط عاطفي وجنسي.

خرج بعدها لكي يقرر أن يعيش لوحده وان يبتعد عن الأضواء والشهرة، بل أراد أن يعيش لوحده حياة هادئة لا يشاركه فيها أحد.

Sommaire